베개는 얼마나 많은 꿈을 견뎌냈나요

권민경 시집

문학동네시인선 114 권민경

베개는 얼마나 많은 꿈을 견뎌냈나요

시인의 말

주장: 눈물이 많은 건 인정. 그러나 가려서 움.

이 책의 시편들은 내게서 영영 떨어져나간 것처럼 느껴진다.
그 시들이
누군가와 쑥스럽고 어색하게 인사하는 걸 상상하면 찡해진다.
가뜩이나 낯가리는 내게서 떨어져나와가지고!
고생, 고생, 개고생!

내 글을 마주하고 있는 낯설고 반가운 어깨.
감히
머리를 기댄다.

2018년 12월
권민경

차례

시인의 말 005

1부

종양의 맛 012
이름 부르기 014
불편한 침대 016
지붕 없는 우편함 018
부케 022
짖는 여름 025
편도선의 역사 026
소년은 점을 치는 항해사였다 028
투명한 추첨함 029
오이 우유 030
가죽 자루 032
떨어진 커튼 033
그믐 034
트라우마와 지구의 끝—달콤한 최후에 대한 명상 035
길(吉) 036
사이렌 038
나의 형식 040

2부

버마로 044
꿈은 또 날아가네 절망의 껍질을 깨고 046
검은 얼굴의 전야제 049
외상 후의 기록 050
흔들림의 여신 052
선지 요리 즐기기 054
개들의 행성 056
아담 057
몸과 마음의 고도 058
기념일이 간다 060
칼 063
발굴 064
플라잉 웰렌다스 066
펀치 드렁크 068
노루생태관찰원 070
Mic 073
산꼭대기에서 내려가기 싫어 나는 076

3부

안락사	080
코치	081
어린이에게 건포도를 주세요	083
또, 내일	084
저주 후의 문진	086
플라나리아 순간	088
하현	090
알리, 초승달	092
당신의 말을 쓰는 마지막 종족	095
소문	096
그루밍	098
인류의 이동	099
귀여운 육손이	100
대출된 책들의 세계	102
오늘의 운세	104
기나긴 이별	106

발문|시작되지 않고서는 아무것도 아닌 일들이 109
|신용목(시인)

1부

종양의 맛

거대한 물혹과 한쪽 난소를 떼어낸 후
고기를 먹을 때면 뒤적거렸어
동물의 아픈 부분을 씹을까 조심스러워
그게 내 몸 같아서

암센터 건너 늘어선 주택
큰 개 순하게 매여 있네
짖을 타이밍을 잊은 개는
긴 혀를 빼물고 헐떡인다
너의 몸 어디선가 고요하게
자라고 있을 거야

나는 혹부리 여자
계절마다 새로운 혹이 돋고
모르는 새 유행에 민감해졌네
환자복 입고 딸기 향 립글로스를 발랐지
향기는 소독되고
주택가를 떠도는 애드벌룬
종양은 부푼다

사람들이 태아를 걱정할 무렵
나는 세상의 작은 혹들이 애틋했네
그런 처녀였지

종양을 잉태한 줄 모르고
손자는 먼 훗날의 이야기

주렁주렁 열린 감자 겨울을 나고 좋은 씨감자 될 거야
품질이 좋고 맛좋아

퇴원을 축하하며
엄마는 오랫동안 고기를 삶았지
들통을 열어보면 작은 종양을 달고
열심히 꼴을 먹던 소가 떠올라
나는 오랫동안 식물이 되고

이름 부르기*

시간은 나를 거들떠보지 않아요

누군가의 고통이
정말 나를 아프게 하나
나는 누워 있는 이름을 스쳐간다 곁눈질 몇 번
계절이 바뀌고 풍경이 바뀌고
봄은 한 바퀴 돌아

자연농원에 갔던 기억
나를 부르던
최초의 발음

—

작명소 아저씨 모세처럼
수염을 쓰다듬으며 무명들에게 말한다
너는 민경. 권민경. 권민경이야.
아가가 권민경들이 되어 걸어나간다

내 이름은 엄마가 옥편을 뒤져서 만들었어요.
세 번보다는 더 불렀고
너의 이름은 어떠니.
너의 이름은 어떠니.
네 이름은 누가 지었니?

이름은 그냥 이름일 뿐인데

내가 거기 있는 것도, 네가 너라서 슬픈 것도 아니지만
많이 써본 글씨
많이 들어본

의미 없이 같은 발음
각지고 끝이 둥근 이름
권권권민민민 소리낸다
자꾸 말하는 것은 이루어집니다. 네 이름 말하면서 나는
살아 있는 것이 된다.
살아 있는 것이 된다.
살아 있는 것이 된다.

아무렇지 않게 미끄러지기
권민경.
모르는 구멍

* 4월 16일 그 배에 나와 이름이 같은 네가 타고 있었다. 내가 꾹꾹 눌러 이름을 세 번 쓸 동안 서로 낯을 가리며 앉아 있자. 나는 내 이름에 책임을 느끼며.

불편한 침대

서늘해지면 귀뚜라미 울음
자꾸 없어지는 우산
사라진 것들이 모이는 곳
신장을 잘라낸 부분은 펄럭일까 어디에 붙어 있을까
잘 지내는 절단 부위들
의심 없이 믿는 꿈의 논리

사소한 것들이 나를 괴롭히고 나는 자꾸 사소해지고 어려워지고 자꾸 찢기고 닳고 마모를 지켜보는 눈 시선이 가득한 방 딱딱한 힘들이 주위에 가득하고
물리적으로 정신적으로 생을 견디고 견디고 견디는 사람들한테 치이고 견디고 인내와 오기 지나친 파헤침 비참을 몰고
예고도 없이 찾아온 소행성이 북반구로 다가오듯 자꾸 무언가 다가오는데 서늘한 목소리 내 목덜미에 스며들고 차가운 온도보다 자꾸 쓰다듬는 말소리가 싫어서 종이 사람을 찢어발기고 터지고

무논리
고가다리
커브 도는 버스
1인 병실
방사선

위생뼝원으로 읽히는 청량리 위생병원
오래된 건물
꿈이 하찮아지기까지 걸리는 속도
독립기념관엔 밀랍 인형만 잔뜩
고통받는 것들
손과 발이 닮은 것들

지붕 없는 우편함

선반 위에는
편지
보낸 사람 모를
봉투

눈
눈이 눈
사이
비
진눈깨비

종이는 울어요
쭈글거리고
오그라들고
찾아가지 않아
혼자
울었어요

잘 말려도
다신 돌아가지 못하지
경험상 알아요. 맞죠?

눈

눈 눈

효. 봐. 눈이 온다.
응.
응. 응.

베니. 봐. 눈이 와.
……
응? ……

현재와 과거의 연인들
대화하고
미래는 누군가요
미래엔 누구일까요

기다린다
종이는
물기를 흡수하며

진
눈

진

길
을 걸어

미래는 미래
미래는
기하학적 그림
어리석은 세계
뺨을 갈기고 싶은 얼굴
꽤 심오한 거예요
미래는
자기가 그린 그림이라며
보내온다

연인
시간을,
당신

미래. 봐. 눈이 오네.
응. 내가 오고
응. 편지가 오고
응. 진 길을 걸어
물기를 머금을
운명이

지붕 없는 우편함
밑으로
젖도록

부케

철제 난간 반짝 빛나고 반소매 소녀들 몸을 기댄다

갈 봄
올 가을
식순 없이 무사히 넘기자

반소매 체육복은 남색 소털색
모든 가능성과 창문을 열고 애들한테 소리친다

네 팔뚝에 닭살 돋았니?

결혼 이혼 수많은
공식과 행사
수학시간엔 의례히 출석 번호 34 35
엉뚱한 방법으로 답을 맞혔지 꼴통

문제 풀이에 온 칠판 사용했다 분필 : 삐걱삐걱 주번 의자 : 삐걱삐걱 수학선생이 칠판 가득한 공식을 지웠다 답만

남았다

시작과 끝 사이에 빈 공간 보시지
이 매캐와 미친듯이 돌아가는 공기청정기

네가 모르는 뭔가 있다는 듯
유령은 우리들 친구라는 듯
방귀만 뀌어도 열광하는 저 청정기
암수 서로 정답지?

안 보이는 게 가득한 허공에 대고

너 팔뚝 탔니?

작열하는 아열대에서
공사판 앞 풀빌라에서
매니맨 워크 노이지 노이지
수학도 영어도 못하는 게
창문을 모든 가능성을 열고 소리친다

오맨 오갓
반소매 체육복의 프런트 직원 눈을 치켜뜨고
등판에 새겨진 국왕의 얼굴
그건 좀 간지라
배후가 빛날 가능성이 열린다
성인(聖人)의 초상화는 몽땅 상상화 오갓

결혼과 이혼 사이의 샛길을 열고

매니맨 워크 맨앤 마담
호명한다

서로의 팔목을 약속해!
약속한다.

족구 타임 힘차게 발을 들던 반바지 체육복의 제왕 허공에 한 다리를 올린 채 멈춰버린다 0〔空〕을 그물로 넘길지 헛발질일지? 이것도 저것도 아닌

대대적인 퍼레이드를 준비중이다

증식하는 소녀들 우르르 매점으로
여름 체육복을 구매하기 위해 몰려간다
다 같이 난간에 기대면
박자 맞춰 등을 튕기면

우르르가 있다
밑에 거대한 사람이 받을 준비
팔 부러질 각오로

짖는 여름

세상이 점묘법이야 빛이 가득한 날엔
머리카락과 함께 호숫가를 산책하지
겉옷이 물을 마시고
길게 똥을 싸는 젖소들
숲에서 눈짓하는 검은 말
등 위에 올라탄 죽은 경비원
그렇게 빛나는 오후야 다섯시 삼십이분
태양은 아직 길지만 우리의 그림자도 길어지고
손차양 만드는 격자무늬 손가락
저마다의 고된 손
세상 한구석을 차지하고 있다
나뭇잎 사이를 헤집는 마디 굵은 빛
눈을 찡그리면 세상은 점묘법이야
모자를 벗지 못한 경비원과
아무것도 벗지 못한 몸
그림자 사이로 나타나는 점
하늘 한구석이 번져가
가장 밝은 날
세상의 화상 입은 점들 반짝여

편도선의 역사

오래 닫혀 있어서 세 번 말한다
깜깜해진다
주술은 처음 게 잘 먹히지
초심자의 행운 이단자의 강함 아무도 주목하지 않는다
우주의 한구석
그렇게 떨어져나가기

누군가 쳐들어오는 동안
칼이 몇 번 등장하고 총은 몇 번 길어지나
지켜내고 싶은 게 있어서 성은 오래 잠겨 있다
성주가 죽자 아들이 주인이 되다
기록은 기록
간단하게 말할 수 있고
여러 번 회자된다

이대로 가버리면 섭섭할 것이다
선전포고하며 어떤 역사에 대해 생각하기
이 전투에서 저주와 강령이 눈부시게 발전했다
눈부시게
시리도록
인상은 저절로 써지니까
주름의 책임은 나에게만 있는 것이 아니다

뭔가를 지켜내고 싶다면
오래 닫아야 하며
가장 막다른 곳에서
길게 열어야 한다

그대여
성주의 상투 튼 머리를 기억하라
떨어져나갈
똑
똑
똑

세 번 말하고
순서를 기다린다
누굴 부른 건지 어리둥절한 표정

어디 갔다 이제 오니

소년은 점을 치는 항해사였다

발에 쥐가 날 때마다 불길한 일들이 생긴다. 뒤로 두 발. 앞으로 세 발. 우리의 방향은 동동남. 구두의 끈을 풀고 축축한 양말을 벗어던진다. 구두의 앞코는 광택을 잃었다. 윗도리는 쓸모없다. 누런 내복을 입고 침대에 몸을 누인다. 삐걱거리는 소리. 녹슨 냄새. 스프링은 부스러지고 단단한 빵조각. 한참 꿈을 꾸고 일어나도 어두웠다.

멀미가 심해지면 몸을 둥글게 말고 방향을 되뇐다. 좌우우 중간, 확신을 잃어버린 위와 아래. 불과 나무의 나라에서 지문을 분실했다. 나의 정체가 자꾸 극지로 흘러간다. 장래희망은 소름이 가득하고 발자국이 어는 곳. 우리의 목적지인 허공으로 향하는 내내 구토한다. 컴컴한 선실. 튤립은 오그라든 채 자라난다. 유년은 멸했다. 무서운 꽃잎 점. 얼어붙은 아킬레스건.

올이 풀린 양말은 실패에 감는다. 끝없이 풀려나가는 날짜. 봄철 혹은 가을의 별자리가 외롭고, 어디로 되감기고 싶은가. 뱃사람들이 빈 하늘에 손가락질한다. 해초가 가득한 바다에 도착할 예정이다. 제자리에 서 있을 예정이다. 뱃머리의 조각상에서 아는 얼굴을 발견한 날. 어쩐지 몸이 계속 자랄 것 같다.

투명한 추첨함

산전 검사에서 닥터는 내게 말했습니다
뭐가 나올지 알 수가 없어요 뭐가……
냉탕과 온탕을 오가면 심장이 단단해집니까
고혈압 환자와 임산부는 사우나 출입을 금지당하고
그날부터 불안감과 기대감이 부풀었습니다
모든 요행에는 위험이 수반되고 나는 오랫동안 낳길 희망했습니다 낳고 낳아 하나의 지파를 이루길
아프리카의 어머니 폴리네시아의 어머니 되길 바랐고 어떤 가능성을 지닌 뉴제너레이션을 품길 원했습니다
원생동물과 영재가 손을 잡고 나란히 귀가하길 빌었습니다 그러면
얼마나 이쁠까 귀여울까 고 작은 것들이 장성하길 바라는 마음과 영원히 작은 것들이길 바라는 마음이 뒤섞여
내일은 건강 마음 건강 몸 혹은 아픈 몸과 마음 또는 랜덤의 몸과 맘으로
손이 닿지 않으니, 이리로, 이리로……
검치호일까 학살당한 인종일까 지구의 갑이 될 민족을 떠올리며
사람이었으면 청혼했을 늠름한 육식공룡을 떠올리며
몸속에 손을 넣어 잡히는 대로 움켜쥐었습니다
옷을 준비하세요
닥터는 내내 퇴화중이었습니다;

오이 우유

일곱 살 때 스스로 글을 발견했다네
오이 우유
봐 나 오이랑 우유를 썼어!!
부모는 신경쓰지 않았다

오이 우유 오이 우유
동그라미와 작대기로만 만들어진 글씨

오이란 글자에선 순이 돋아난다
동글동글한 넝쿨손이 자꾸 허공을 움켜쥐고
나는 뺨을 대주었지 얼굴을 타고 오르는 글자 향기로운
오이 단칸방을 가득 채우는

우유란 글자는 방안에 출렁인다
차갑고 하얀 강 글을 읽지 못하는 어린이들이 꿀꺽꿀꺽 마시는 목소리 이순신 장군과 다섯 알의 완두콩이 둥둥 떠다니고 젖소들은 나에게 젖 주려고
젖을 뽐내며 다가오네

우유의 강에 우거진 오이 정글
나는 오이 오이 우유 우유 자꾸 쓰고
영영 주문처럼 오이 우유를 외고
오이 우유 어느 날엔

아빠
엄마
학교에 갔다
날씨 오이 맑음 우유
참 재미있었다
늘어나는 글자들은 방안을 가득 채우고
끝을 알 수 없는 속도로
쓰도록 명령받았는데
글자의 기원은 바로
오이 우유
오이 넝쿨을 온몸에 감은 나 우유의 강에서 몸을 씻었네

세례 이후
내가 쓰는 글자들의 기원은 그렇게 식물성
동물성
세례자 없이 쑥쑥 자라났지

초록 손은 쓰고 있다
하얀 강
여기

가죽 자루

나는 개이거나 곰이었는데 그 둘을 다 좋아했다. 꼬리가 길거나 짧은 육체.

빌딩 사이로 스며드는 꼬리. 사라진 몸 대신 아지랑이가 피어오른다. 콧수염이 씰룩거린다. 길 건너편. 우체통 뒤에 동물의 눈이 숨어 있다.

사람이나 동물이 간다. 무빙워크 위를 걷듯 아스팔트를 스쳐서. 긴 바퀴 자국을 남기며 멈추는 자동차. 혼은 연쇄적으로 투명하다. 이다지도 날렵한 몸이 도로를 가로지른다. 각자의 자루에서 벗어난 눈들.

자전거를 타고 갈 때 마주치는 것. 길을 비키는 사람들. 좁은 자루의 커다란 입. 사라진 다리. 나를 피하는 표정. 놀란 목젖. 눌린 자루에서 삐져나오는 혼.

질기며 약하기. 가로등 사이에 숨을 수 있는 능력. 나타나고 싶을 때 다시 나타날 수 있는 재능. 숨는 버릇 때문에 가능한 일이고, 자꾸 자루를 삐져나오는 목숨 때문에 스카이라인은 미어진다. 이 자루가 터지지 않게 껴안기.

품속은 따뜻하다. 가득 메운 존재들. 도시는 빵빵하다. 목적지로 향하는 우편 꾸러미. 자주 받고 싶은 인사가 튼튼해진다. 냄새 없이.

떨어진 커튼

기침 소리와 함께 커튼이 떨어졌으므로
겨울이 올 것이라 중얼거렸다
커튼이 없으니 아침이 잘 오고

멀리 가지 못한다
내 방을 가리지 못했기 때문
수치심은 양치식물처럼 자라

내가 가지 못하니 대신 오라 해놓고
돌아온 계절
재채기나 하도록 놔두었다

그믐

나는 방금 불꽃이라 불렸다.
지나온 장소에선 폭포라 하였다.
자꾸 다른 이야기들을 옮기는 나
자주 저문다.
그늘엔 독이 스며 있다. 사과
멀쩡한 면을 다 깨물고 뒷면으로
고요하고 고독한 바다로 자꾸 갉아서 나아갔다.
한번 좀먹힌 부분은 다시 차오르지 않는다.
달이 아닌 사람들.
머나먼 웅덩이에서 나 때문에 스러지는 것을 바라본다.
한번 깨물린 마음이 다시 차오르지 않으리.
갈변하는 표면을 지켜본다.
한 면에 독이 발라졌다는 걸 모르는 사람
순진한 얼굴로 사과를 먹는다.
거짓말처럼 늘어나고 삼킨다.
갈변하는 얼굴들 한꺼번에 미소 짓는다.
가장 빛나고 야윈
요철이 켜진 표정.
도드라진 뼈에 빰을 댄다.
차가운 불이 튀어서

트라우마와 지구의 끝
—달콤한 최후에 대한 명상

그대여

두 마리 아시아코끼리 사이에서 만나요 주름진 다리 사이에서 티타임을 가져요 대기는 습하고 유성은 늘 위협적 가죽 밑에서도 황혼을 피할 순 없지만 마지막 셸터에서 쿠키를 씹어요 남쪽으로 떨어지는 포탄 동쪽으로 불똥이 튀고 침엽수림 너머 솟구치는 소용돌이 네이팜탄은 종려나무 기름으로 만들고 물로도 끄지 못해요 끓는 차를 음미해요 향기롭게

우리의 코는 서로를 휘감고 쓸데없는 것들을 기록해요 화상 자국 대중교통 공포증 코끼리를 탈 수 없는 죄책감 우두둑 뼈 꺾는 소리를 내며 날아오는 헬리콥터 초등학교 때 만났던 헬리콥터니? 운동장을 가로지르는 먼지 반가움 솟아오르는 것 단단한 기둥에게 말 거는 멍청한 짓을 되풀이하며 코끼리에게 말을 걸어요 삼십 년 후에 다시 만날 수 있어요? 우리가 사라져도 시간은 흘러요? 너무 튼튼하고 너무 우거진 것들에게 존댓말하며 노을 지는 먼 휴양지에 아름다운 종려나무시여 아파트 아파트여 가까운 늪지의 징그러운 맹그로브님이시여 풍경과 감정 사이에 코끼리 두 마리 아시아와 아시아 사이에서 우리 만나요 불길이 우 달려오고 불붙은 식물들이 우릴 휘감고 모두 한 덩이로 타오를 때 굳건히 솟아오를 때 그대와 내가, 코끼리가, 남쪽과 아시아와 이 지구가 코코넛 냄새를 내며 구워져요.

길(吉)

—

오늘로부터 삼십 년 후야. 불이 이슬비를 맞을 거야. 너 그날 죽어.

그래요. 그렇군요.

모르는 어른을 조심하라는데 모르는 아이는? 앞머리를 반듯하게 자른 사내아이. 잠에서 깨도

손잡고 따라가고 싶은

말들

—

아직 삼십 년이나 남았어.

11월의 첫날

능곡 시장 골목

TV에 나왔다는 북엇국집과 번화가로 이전한 치과

사이를 걸으며 말한다.

나중에 파지를 줍더라도 재미있게 살자.

네가 구박하지 않으면 그렇게 될 거야.

그것은 예언입니까?

삼십 년이 다 가기 전

돈을 모아 너구리 라면을 끓여 먹자.

맛이 있겠지.

내가 당신에게 바라는 것.
큰 병에 걸리더라도 농담을 해주길.
농담이 있으면 괜찮다.

—

암센터 난소암 병동에 입원했을 때 옆 침대의 언니. 자주 농담을 했지. 밤엔 험상궂은 남편이 찾아와 둘이 울었어. 그때 그녀의 나이가 지금의 내 나이 즈음. 아이를 낳을 거니 난소를 조금이라도 지키겠다던 그녀의 말처럼 쾌활하게 흐른 십이 년.

나에겐 아직도 삼십 년이나 남았다는데

—

무엇을 더 미리 알아야 해요?
나는 그저 그래요.
손을 맞잡고 너구리 라면 끓여 먹어요.

11월의 첫날 새벽
내가 뱉은 농담과 푸념.
편의점표 샌드위치
짠맛을 한 쪽씩 나누어 먹고

사이렌

야시장은 철거중— 해는 떠오르고 금붕어 낚시 주인은 화로에 금붕어를 굽네— 반토막 난 새끼손가락— 금붕어 몇 마릴 굽네— 금색 줄에 매달린 금붕어를 굽네— 얇은 눈꺼풀— 비쳐 보이는 검은자— 금붕어 굽네—

축제는 끝났다 웃고 울었다 남은 살점을 들겠나

금붕어를 굽고 공기 차갑고 짐을 거두는 동안
누가 움직이나 멈춰버린 새벽 나는 미동도 없는 통로를
건네—
  건네—
    건네—
      건네—
        건네— 내가 도착한 천막에서
숨을 굽네— 남은 숨을 굽네—
상인들 짐을 싸고 질린 숨을 굽네—
열기— 열풍— 탄내— 변한 새— 변하지 않는 색깔— 바뀌지 않은 새벽— 동트기 세 걸음 전—

새 장이 열리기 직전—
아무것도 사지 않았네— 모든 것을 팔고 있었네—
꿈이 파하고 혼돈과 비명이 시작될
이곳—

거꾸러질—
모든 시작—
직전—

나의 형식

나는 나로서
어제
어제의 사람

어릴 적 골목에서 만난 개
질이 튀어나온 채 복판에 앉아 있었어요 무서워서 지나가지 못했죠
개는 아팠던 것뿐인데 난 뭐가 무서웠던 걸까요 지는 만날 튀어나오는 주제에

네모 다음에 세모
다음은 평행 우주

애써 꾸민 형식보다는 볼 수 없는 것들이 좋아요
읽을 수 있는 말이란 결국 내 수준의 것
유치 무모 비겁한 것들
예수 정도는 서른 번 모른다 할 수 있어요

폼을 재고 있는 사람의 폼
약통이 열리고
크기가 다른 알약이 쏟아져나오면

너머를 보여주세요

이를테면
내장이라든가
말 못하는 동물이 보내던 눈빛
아픔을 호소하거나 두려워하는 감정
감정 너머에 생
살아 있다는 감각

우리의 내용은 같을지 모르지만
목뒤에 새겨진 글자가 다르고

이번 형식을 뭐라고 부를까요
질탈
절단
무식함과 유치함
동물인 내가
누군가에게 보내는 눈빛
사랑도 도움도 요청하지 않고
작렬하는 한복판에 앉아 있겠어요
무서워 말고 지나가세요

방금 전의 나는
시간을 후회할 줄 알며

한낮의 일이니까요

2부

버마로

여름이 와요.
여긴 우거져요. 내가 있어요.
우거져요.
여름은 왜 와서
끝나질 않아요?

느티나무와 포플러 사이를 스치는 냄새
흰옷을 입고 부채를 부치면 느리게 왔다 가는 소리
여름을 좋아하는 나의 늘어난 감촉 느린
오후 2시.
2시 16분. 17분. 18분.
숨

숨. 가쁘게 숨 몰아쉬면
여긴 우거져요. 나는 그곳에 없고 시간은
무더워요.

땀방울 떨어지고
팔. 팔이 없어요.
다리가 없어요.
팔과 다리가 없어요.

군복을 벗어놓은 강가.

흰옷을 찢는 열대우림.
여름은 와서 왜
숨을 거두나요?

꿈은 또 날아가네 절망의 껍질을 깨고*

—

추모는 살아 있는 사람을 위한 거야
너는 말했다
나는 추모하는 법을 몰라
종종 앓는다

쓰이지 않기 위해 필사적으로
외면하는데
곁눈질 곁눈질

하늘이 가까운 새벽
눈이 내린다

검은 코트를 입고 나가야 할까봐

—

우리가 사귄 지 칠 년하고도 팔 일. 그동안 많은 일들 많은 죽음들.

너는 나를 이끌고 종종 추모하러 나섰다. 그건 너 자신을 위한 일이었겠지만

어설픈 흉내 버스와 전철을 몇 번씩 갈아타는 품이 드는 일 땡볕에 오래 서 있는 것으로

멍청하게도 잠깐 앓지 않을 수 있었다. 멍청하다는 건 내

가 내 몸안으로 돌아왔다는 것인데

메모리얼 파크에서 돌아오는 길.
낙지 한 마리가 통째로 들어간 짬뽕을 먹었다.

—

그렇게 되고 싶어
가까이 웃고 짬뽕을 먹고
죽은 뒤 서로에게 깃들지 않겠다 약속하는 사이
악한들의 동맹처럼 우리는 불안한 평온 속에 살아가겠지만

내 영혼이 어딘가 가닿기를
누군가에게 아주 잠시 깃들었다가
버스를 갈아타고 신호등을 건너는 사이에 떠나버리거나

새끼손가락 끝마디에 매달려 있다
채칼에 쓸려 톡 떨어져나가거나
무채를 종종 썰고
피가 몇 방울 떨어지고
떨어지고
눈이 몇 번 내리고
검은 코트를 드라이클리닝 맡기며
서서히 떨어져나가길

내 영혼이 누군가에게 너무 오래 깃들진 않길

잠깐 발을 들여놨다가 빼는 것 정도는
서로 눈감아줍시다
조금만 이해해줍시다

요새의 영혼
나에게 가까워서

* 넥스트, 〈The Dreamer〉에서.

검은 얼굴의 전야제

행주치마에 손을 닦고 당신 손을 잡아요. 내가 입은 옷이 예쁘지 않죠. 검은 얼굴 위에 흰 모자는 마음에 들어요. 자꾸 고쳐 쓰게 됩니다. 겨울 저녁, 드문드문 흘러가는 낮은 구름. 멀리 불 켜진 저택까지 갑시다. 당신과 나는 팔짱을 끼고 웃어요. 우리를 지나치는 낯선 동물들에게 인사해요. 모자를 벗고 쑥스럽게. 당신의 치아가 빛나요. 마른 나무들이 별을 찔러요. 마차부자리가 머리 위를 달리고 우리는 편자도 없이 걸어서, 걸어서 멀리 가요. 맛있는 피로와 즐거운 통증이 있고 우리가 함께 있는 난롯가로. 사슴머리 여인들 틈에서 잡담을 하는 당신. 야생마 사내들 속에서 파이프를 무는 나. 우리의 얼굴은 빛이 나요. 아름다워요? 이야기가 끝나면 같이 불꽃놀이 가요. 그림자 끝에 웃긴 일들이 많아져요. 예쁘지 않지만 점잖은 예복을 입고, 설거지를 마친 저녁. 언덕을 걸어가요. 멀리 불 켜진 저택을 향해. 손이 차지만 상관없어요.

외상 후의 기록

계시:
발견되기 위해 거기 있는 것 거기 있어서 발견되는 것
지뢰 같은 것 밟으면 혀를 빼물고 게임 오버 되는
계시가 있다

그걸 밟은 거지 된통
끝내 살아남았지만
살아남는 덴 대가가 필요하니까
나는 팔다리를 잃는 대신
혼자 화장실에 갈 수 없는 병을 얻었다
불을 끄고 잘 수 없는 병을 얻었어
서랍을 열 수 없는 종류의 병
어둠은 왜 이렇게도 많은 것인가 구석구석
눈을 감는 순간 달의 뒷면 같은 눈알 뒤의 어둠

고작 전구 한 알이 더 필요했을 뿐
밤새 켜져 있는 백열 램프
예상보다 순한 꿈을 꿨지

넌 전구를 사러 마트에 가고 싶었던 것뿐이다
나는 마트에 가고 싶긴 하다
너는 엄살이 심하다
나는 엄살이 적다

네가 원하는 건 뭔가

나는 기왕이면 보기 좋은 시체가 되고 싶은데

이미 늦었다 너는 이십 년 전에야 보기 좋았고

나는 결국 부풀어오른 시체밖에 될 수가 없나

부풀어오르는 것밖에 할 수 없다

그렇다면 여름은 피하고 싶은데 화장실은 피하고 싶고

머리를 감는 중이 아니었으면 좋겠다 밤이 아님 좋겠다

마음대로 되는 게 아니라는 거 알 텐데

현관의 비밀번호를 누르는 짧은 순간
왜 나는 터질 듯한 주검이 되어서?

누군가 나를 위해 켜놓은 스탠드
검게 썩어들어간다
땡볕
컵은 왜 구덩이의 형태인가

흔들림의 여신

취객의 속을 뒤집는 버스
창을 열어도 흔들리는 것은 흔들릴 뿐
토사물은 멀리 가닿습니다
모든 게 보기에 좋다 생각하는 분을 알게 될 것입니다
웃고 까불고 뒹굴고 몸을 떨어대는 여신이 있다는 걸

존재가 부풀어 몇 뼘 안 되는 몸을 가득 메울 때
가득 채울 때 참지 못하고
부들부들

지진을 대비해서 지었습니다
이 빌딩은 어린 시절부터 강진이 잦았고
혹자는 그걸 팔자 사납다고 하지만
흔들렸습니다 흔들흔들 유연하고 의미 없이
세상 모든 것에 생겨난 까닭이 있고
시답지 않아도 그것을 관장하는 여신이
(다니던 학교가 통폐합되었을 때 비로소 통폐합의 여신이 있다는 걸 알게 되지만)
랄라랄라 흔들흔들

이것도 저것도 아니며 여기에 속하고 저기에 속하는
줄넘기의 자세로 왔다갔다하면서
즐기는 자 모드 무의미한 꿈들이 이어지고

머리를 풀고 가슴을 내리치다가
아아 설레
자의식이 과잉된 밤을 보내는

빌딩
빌딩들이 솟아나고
쑥 쑥 쑥
자라나는

지진이 나면 아름다울 거야 일사불란하게 흔들리는 마천루

흔들려라 흔들려라 어지러움의 여신을 자식으로 낳을 때까지
달팽이관의 신과 짝을 지으며

우리를 태운 지구가
운행을 시작합니다

선지 요리 즐기기

흑염소의 멱을 따고 울었네
세모꼴 눈이 메에 메에
울었네
주머니와 둘이 요리하는 시간
음식은 맛있고
길게 늘어선 혓바늘

진흙 인간은 외출하고
그늘은 비어 있네
양은 냄비엔 한가득
소리 내며 끓는 피
뚜껑을 열어젖히며 튀어나온 발굽
내 목젖을 누르네 나는
캑캑 사레들리며

배가 불러요

처음 죽음을 맛보고
핏속에 섞인 이물감
빈자리가 흩날리고
정수리가 매워질 때
욕설을 퍼부었네

귀여운 흑염소와 한 몸 되었어요
우리의 추억은 하나됐어요
이리와요 나의 친구 고기가 많아요

눈앞이 어지러울 때
너의 기억을 한 모금 나눠주렴
내 손으로 멱을 딴 피 흘리는 친구여
세상은 입맛을 다시며 다가오네

개들의 행성

우리 어디선가 만난 적이 있었나요
작업 걸 땐 빤한 멘트
뻔히 웃는 얼굴
전생에 사람이었던 개는 웃는 얼굴이란다

개들은 목줄을 매고도 즐겁다
팽팽히 목이 졸린 채 일어서는 흰둥이
당신에게 전할 말은 단지
개에게 손을 내밀지 말아요 주인이 싫어해요

한밤의 벤치 위
우리는 혓바늘을 내밀고 터럭처럼 가벼운 말들을 쏟아냈다
골목에 버려질 용변 봉투
검은 발바닥을 닦을 때에야 비로소 생각나겠지

자꾸 주둥일 들이밀던 개
자정이 넘어도 바삐 걷던 사람들
높아졌다가 낮아졌던 우리의 음성이 줄을 질질 끈다

구정물이 가득한 대야
유난히 밝았던 금성
당신은 조심스럽게 저건 무슨 별이냐고 물었다

아담*

발가벗은 몸에 벨트만 매고 행진해요
촘촘히 박힌 징이 빛나고
노상에서 맥주를 마시던 사내들이 눈을 찌푸려요
벨트엔 오랜 연도와 미래의 연인 이름이 적혀 있어서
소년 소녀들 사이에서 나는 챔피언이라 불려요
연인이 갖고 싶어 미칠 지경이던 무렵
나와 똑같은 얼굴을 볼까봐 이불 속에서 떨었죠
꿈속에 나타난 애인은 얼굴에 모자이크 처리하고
나를 안아줬어요
러버의 얼굴이 포개진
내 어깨에 물드는 모자이크
그때부터 세상 모든 모자이크의 연인이 됐지요
벗고 또 벗어 세상 모든 몸 색깔의 대표 주자가 되었지요
챔피언 알 수 없는 것들의 연인 망측한 것들의 우군
맨몸으로도 부끄럽지 않아요
나는 중요 부위를 가렸지요 나의 사랑
당신의 얼굴을 가렸어요

* 성경 속의 최초의 인류, 사이버 가수. 혹은 노출증 환자의 별칭.

몸과 마음의 고도

사람이 달에 가고 십삼 년 후
화곡동의 병원

인공 폭포 앞을 지날 때마다 엄만 저 근처에서
내가 태어났다고 말했다
나는 폭포 밑에서 났다고 여겨졌다

비 오는 날 켜진 폭포
장구벌레는 나와 동기
흘러내린다

사람이 중력을 뚫고 쏘아올려지고
그걸 당연하게 여겨진 지 오래

유리 가가린, 알렉세이 레오노프, 앨런 B 셰퍼드와 닐 암스트롱 같은
건강하고 호기로운 남자들
그게 뭐예요?
어떻게 건강하고 자신만만할 수 있어요?

우주에 가거나 학교에 가도 익숙해지지 않은
이물감 날아가는 자세를 실습하지만

한 마리 모기가 죽고 태어나는 것처럼
우주 왕복선은 하늘을
찢고 날아오르고 되돌아오고
종종 터져버리기도……

등허리가 찢어지고 날개가 돋는 동안

흘러내리는 자세로
엄청나게 견디고 있다
이번 삶이 날 터뜨리진 않았지만
자꾸 쏘아올릴 것 같아서

기념일이 간다

팔 벌린 사람들
지나쳐
돌계단이 있는 집으로

고마워요 문득문득
불을 밝혀주어서
드문드문

눈처럼
깜빡이며
서 있던 사람들
깜깜한 몸
마음속 애인들

나는 오랫동안 연인이 될 수 없었습니다

누군가의 곁에 서면
손가락이 구부러집니다
레고 인형의 손처럼
항상 맞잡을 준비가 되어 있는

고리를 갖고 싶어서 나는 자주 오른손과 왼손을
겹쳤습니다

생일잔치 전날엔 색종이로 목걸이를 만들었습니다 여러 개의 고리 안에서 비로소
주인공이 되는 목
목은 자꾸 길어지고
길어지고 창문이 생기고
내다보면
구름이 날고
별이 돋고
친구가 여러 번 바뀌는 동안
겨우 도달했습니다 마주볼 수 있는 얼굴

끌고 온 목걸이
여러 번 휘감고
눈을 마주치지 못하던 사람
달무리 같은 눈동자를 떠올립니다

밤을 건너 나는
돌계단이 있는 집으로
연인의 집으로
내가 애인이 된 것을 축하받는 자리로
걸어갑니다

당신은 스팽글을 잔뜩 붙인 종이 왕관을 내게 씌어주고

칼

목소리는 여러 개야 묘해
내 몸속에서 누군가의 목소리 울리고
낯선 몸속에서도 울리는
작은 소리
공명 속엔 합창이 기대되지
큰 진동 안에 사는 새끼 울림
작은 것 놓치지 않기 위해
나는 귀를 열고 듣고 있네
불의 목소리
내가 내 몸이란 커다란 통에 앉아 있을 때
당신이 정수리에 부어주었어요
쏟아지는 시선
온몸이 축축하게 젖어요
나는 이 배를 고를까 저 등을 고를까
고민했죠 참방참방 손장난하고 놀았어요
시선은 얼굴이 되고
내 몸에 문신처럼 박혀요
틈은 나를 강하게 하네
마주치는 시선과 시선
세상 모든 사이
불과 물의 틈새에서 피어오르네
증기의 꽃
날 들여다보는 눈과 널 들으려는 귀

발굴

난 빛이다
네 눈을 쪼아 멀게 만들 작정
빛이다 머리카락은 속절없이 자라고 자꾸
이어지는 끝인사 서로 손을 놓지 못하게 하는
헤어짐의 빛이야

손 편지는 구겨버린다 책갈피로 쓰다간 소스라칠 거야
먼 훗날 발견된 물건은 생명력을 갖게 되는데
신도시 건설을 망치고 놀이동산 개장을 막으며
억지로 마음에 떠안기네

오래된 것이 혼을 갖는다는 이야긴 얼마나

할머니가 남긴 틀니가 내게 키스한다
그가 남긴 가장 비싼 물건이 반짝인다
고인 아니면 아무짝에도 쓸모없는 휘황
딱딱 치를 떨며

시시각각 다가오고
그래서 슬퍼
한여름 해를 등진
사람으로 추정되는 눈썹

이런 눈은 있어도 쓸데가 없으니까
묻어버린다
당신이 당신일 수 있도록 돕는 일을
오래해온 빛 오래된 빛을

플라잉 월렌다스*

고무줄놀이를 익히느라 유년을 보냈지
가장 아름답게 고무줄을 넘은 후 밧줄에 올랐어
떠 있는 일은 중독이야
세상엔 어려운 일 꿈과 꿈 사이를 걷는 일 숙제로 남아 있고 익숙한 삶을 끊는 것은 쉽지 않지

나는 날개가 있는 종으로 진화중이야
아직 깃털이 부족하니 아침과 저녁 사이엔 줄을 놓아줘
자전거를 타고 공중으로 출근하는 길
바퀴 너비만큼 좁은 다리만 필요해
넘어지지 않게 도와주는 허공
서류 봉투를 든 새와 이어폰을 낀 구름 사이에서 나는 내 일을 향해 자라는 중이야

까마득한 아래, 자동차와 유모차가 지나다니고 찡그린 얼굴과 미소가 날아다녀 하지만 태양에 손이 닿진 않지
바람이 스치는 날엔 의심이 들어
나는 하늘에 서 있는 걸까 땅 위에 서 있는 걸까
촘촘한 시간 속을 날아다니는
영혼들은 몸이 아니라 정체성이 투명하다

날갯죽지는 단단하고 내 날개가 너무 멀리 있어서 이 밑이 항상 궁금하지

우리의 진화는 너무 더뎌
언젠가 똑똑하고 유연한 귀신으로 성장하면
박수 소리와 오늘의 뉴스와 어린애들의 눈빛이 오가는
줄다리 밑을 날아갈래

* The Flying Wallendas: 공중곡예로 유명한 가족 서커스단. 그들에게 한하여 추락사는 산재다.

펀치 드렁크*

잠깐 붉어지는 꽃. 오래 작아지는 달. 눈앞의 모든 것을 끌어안을 준비 돼 있어. 숲속, 머리칼을 날리며 달려오는 시간. 내 품에 안길 때 눈썹이 파르르 떨린다. 흔들흔들. 나무 사이에 묶어놓은 리본. 가는 머리카락을 땋아주고 싶지만 나는 손이 야물지 못하니까. 누군가를 껴안을 때마다 빗나갔어. 마찰력 없는 세계가 있을까? 숲 한가운데 잠든 호수. 아이들이 얼음을 지치며 웃어대. 미끄러지는 이름. 누군가 부르는 거 같은데, 내 이름이 맞는지? 자주 넘어질 뻔했지만

주인 없는 개들이 짖어댈 때 균형을 잡았어. 똑바로 걸어갈 거야. 멀어질 거야. 마주쳐도 알아볼 수 없는 속도. 우리의 아이는 태어나지 않고. 숲속에 누워 있는 갓난아기. 통통한 손가락 밑으로 개미들이 지나다니고. 나는 항상 아기가 무섭다. 내가 만지면 부서져버릴 거 같아서

낱말이 부서지는 동안 자꾸 흔들리는 달. 바람에 출렁이는 리본. 흔들리는 자세. 바닥이 꺼지는 휴식. 눈 아래 그늘. 갑작스런 도약. 보이지 않는 것들도 사랑한다는 거짓말이 나를 뒤덮네. 이끼가 잠식한 고목. 쓰러질 목숨을 세본다. 손가락을 꼽지 못하고 자꾸 땀이 나고 매번 빗나간다. 시간이 나를 뿌리치고 멀어져. 매끈한 다리를 놀려서. 없는 손가락 사이로 빠져나가는 머리카락. 오솔길을 지나는 발걸

음. 행인의 다리 사이에 앉아 있는 아기들. 아기를 안아 드는 팔. 긴장한 근육. 내 몸속에서 개미처럼 도는 피. 선천적으로 미끄러운

이 몸이 도대체 적응되지 않는데. 넘어지는 그림자에 손을 내밀지만 펴지지 않는 주먹. 당신을 부수어도 됩니까. 얼음 바닥에 비친

내가, 순간 붉어지는 꽃. 아주 오래 작아지는 생. 정중한 신사들이 왈츠를 추는 숲. 같은 자리에 붙박인 다리. 누군가 아이를 낳았나? 나를 조여드는 리본. 커다란 나무들이 솟아나고 숲속엔 아기들이 드문드문 앉아 있어. 어, 달빛에 반짝이잖아.

* 복싱 선수에게 많이 나타나는 뇌세포손상증.

노루생태관찰원

오래 맘이 아파 병이었으나 몸의 병도 얻었다
스무 살

내일 수술한다는 동생의 카톡
내 몸의 수술 자국을 세본다
내게도 이런 날이

어쩜 건강하게도 살았구나 멍청하게 과거를 잘
잊는 동물로 변태하면서

초년운과 말년운 중 어느 쪽을 고를래?
말년이 좋다는 데 주저 없다
초년은 버리라고 있는 거다

어째서 둘 다 좋을 순 없는 걸까
뒤늦게 처량해봤자

조울증 카페에 가입했다 코리안 매니아
이상한 이름이라 자꾸 파고든다
한국인이 조울 덕후란 뜻일까

표출도 병이래 말할 수밖에 없는 것도 병이고
주접과 주책도

어린 시절 일산엔 선산 묘지가 많았고 나는 뒷산에 자주 올랐는데
거기서 마주쳤던 엄지손가락
내게서 떨어져나갈 장기(臟器) 무덤

초년은 버리라니까

어제에 대한 회한
아
그래서 맴찟이란 말이 좋구나

수술을 앞둔 동생에게
사랑한다는 말을 했다 나도 모르게
남편에게도 한 적 없는 말
그러면서 잘도 혼인했고

건방지게 동병상련이라니
임파선 떼어낸 데가 자꾸 조여와
예민해 있던 과거의 나에게
청혼하는 과정

오래 고민해야지 이 생은 이벤트

여행의 일정처럼
노루 보느라 결국 엉망 돼버리겠지만

엑기스라고 불러요. 즙(汁)자는 징그러워요. 물이 열 개나 있으니까. 수영 강습 때 나는 열등생. 빽빽합니다. 허우적. 세상에 안 되는 게 어디 있어. 허우적. 되지 않는 것도 있어요. 오기와 구제불능 사이에서 피어납니다. 꽃잎이 서른 개. 셀 수 없는 검은 점. 못생기고 기괴한 꽃. 병신 같음을 삼투압 하는. 마니아나 변태를 거름 삼아. 특이 취향 속에서 계속 부풀어오릅니다. 조금만 방심해도 질소 목소리.

아, 아. 마이크 테스트. 깔깔깔. 이 목소리가 내 목소리야? 봐봐, 동해물과 백두산이.

터질 거 같아서. 뭔가 짜내고. 짜내는데 다시 부풀고. 뿌리 뽑지 못해요. 단단히 박혀서. 그래도 끝은 있어요. 이십구 년 후. 예언 받았고 믿고 있죠.

예고된 냄새. 썩은 생선 대가리와 감귤, 구토와 복숭아 향이 어우러진. 양말. 고민. 자책. 모낭염과 알레르기를 넣어서 오래. 증류한 냄새가 납니다. 카오리. 향기. 카오리카오리. 향향. 말의 무서움을 떠올리고. 언어에게 공격받으며. 소리내 말해보는

깔깔깔. 이 목소리가 내 목소리냐고. 봐, 학교 종이 땡땡땡.

언제까지 내 지랄을 받아줄 거야?
란 물음에 너는 심장이 멀쩡할 때까지
라고 말한다. 내가 널 위로한다.
이십구 년만 참아. 이십구 년만.

이십구 년 후에.

내가 죽는 건

내 지랄을 못 참은 네가 성을 내서야? 난 충격을 받고

심장을 움켜쥐는 거야?

심혈관에 스텐트를 삽입하고 꼼짝없이 누워 있었던 아빠를

보고 생각했다.

고생이 많아요. 말로 다 못할 것들. 어느새 몸에 쌓여서 뭔가가 돼요. 즙이라고도 엑기스라고도 불리고 진액이 맞을 수도 있지만. 성냥이나 셀러리, 무엇도 어울리지만. 죽을 날짜를 받고, 먼 날로 받아놓고, 불안과 안심의 생은. 하수구. 짠맛 농축액. 못생긴 내음. 나는 죽는 날을 알아도 열심히 해지지도 부지런해지지도 않아요. 그 성질이 내 삶의 총체인 것처럼. 순간이 예고편인 것처럼.

게으르고 게으르고 카오리란 말을 알며 자꾸 뭔가를 짜내던

순간의 감정을 달이고 오래 부채질하며

시간을 식혀서 파우치에 담으려 했던

그런 삶

생의 쥐어짬

뻣뻣한 목

비틀어진 소리

아아, 마이크, 내 목소리인지 의심스럽지만 함 믿어볼까?

킁킁. 향기가 아른거리고. 수영 강습이 없던 시절. 다라이에 오래 담근 얼굴. 물속에서 눈뜨고. 흥얼거리던 노래.

코끼리의 코는 왜 길까 코끼리의 코는 왜 길까 옛날 옛날 옛적에 코끼리의 코는 사람처럼 짧은 코였었지

하수구

허우적

시간

농축

주름

주름

그리고 이상한 노래

약

산꼭대기에서 내려가기 싫어 나는

딱새 되었네

정상에 독을 지고 온 아저씨
새를 손가락에 앉히고
진기함을 무기 삼아
술을 판다

작은 새 머리를 쓰다듬기에 너무 큰 검지와 작은
새
새끼손가락 내밀면 쪼는
새

내려갈 수밖에 없다는 걸 알아서

새를 부르는데
나는 딱새 되고
부리에서 휘파람
부리에서 웃음소리
부리에서 농담

그러다 부리가 떨어지고
죽을까 죽어버릴까
버릇처럼 휘파람

내가 딱샌데
말이 바뀌고 목소리가 바뀌고 높낮이가 바뀌고
가슴에서 깃털이 뭉텅이로 빠진다

농담으로 부른 노래
산비둘기 구구구
술을 사발로 먹고 울며
뻐꾸기
구르는
비탈길

3부

안락사

커튼 뒤에서 잃어버린 어제를 찾았죠. 베개는 얼마나 많은 꿈을 견뎌냈나요. 머리맡엔 단단한 구름과 말캉한 악몽이 쌓이고, 기억들을 팡팡 털어도 베개는 풍성해지지 않아요. 부풀어오르지 않아요. 걸어온 길들은 푹 꺼져서 다신 되돌아오지 않아요.

침대는 흰 배를 내놓고 앉아 있어요. 커튼을 치면 종기처럼 별이 돋아나고 터진 잠 속에서 깃털들이 솟구쳐요. 재채기가 나와요. 콧등은 주름지고 우리의 날들도 구겨져요. 지폐를 구기면 낯선 얼굴이 우릴 바라보는 것처럼 구겨진 삶이 우릴 바라보고 웃고 울어요. 그 새침하고 가여운 얼굴 속에서 혀를 날름거리고 눈물도 흘려요.

바뀐 요일을 입으면 기운이 새로 솟아요. 오늘 자고 일어나면 또 얼마나 열매가 많은 날이 펼쳐질까요. 얼마나 많은 잘린 머릴 목격할까요. 별들이 태어나고 숲이 타오를까요. 이 한잠만 자고 일어나면……

부러진 나무들이 일어나요. 번개가 기지개 켜요. 온 들판에 불이 일고, 우리의 수많은 잠들이, 꿈들이 하나하나 낯익은 얼굴이 되어 찾아와요. 못다 한 인사를 커튼 뒤에 감추고

나는 잠들기 전에 내가 가진 모든 하루를 생각해요.

코치

우주로 가기 위해
미국 가서 훈련하기

화성에 정착하기 위해
필사적으로
NASA에서 훈련하기

청교도들이 처음 아메리카에 도착했을 때
거긴 뭐가 많고
또 뭐가 없어서
돌림병과 굶주림이 퍼졌다
죽음은 뭐, 패키지여행
휴대용 세면 세트처럼 필수적이고 사치스러워서

얼마 전에 화성 정착민을 모집하더라
마흔 명쯤?
호방한 사람들 참 많고
훈련은 힘들고
근육이 많이 들고
구토와 구토와 신물남을 반복해서
우주선서 멀미하지 않게 해주는 훈련

다시 돌아오지 못하는 조건에도

혼자 정착민에 응모한 아가씨
애인은 웁니까

지구가 망한다면 넌 화성에 갈 거니?
그 고생을 왜 해 그냥 죽을래
지구가 망하면 망한다면

아메리카 이주민을 태운
돌아가지 않을 배
흥남부두로 들어오고

망할 지구에서 화성으로 떠난 우주선
데이모스에 불시착

아주아주 먼 훗날 우주 먼지에서
다시 태어난 지구
화성 땡처리 여행을 나선 나

마냥 어리숙하니까
이런저런 입국 절차를 코치해주겠니?
그때도 여권 사진에 셀카는 무리일까?

어린이에게 건포도를 주세요

성당 종소리가 울리고 사환 아저씨는 자주 몸이 아픕니다. 아픈 데는 귓불 혹은 손톱. 그리고 멀리 있는 소식들. 우리는 이런저런 관절이 아픕니다. 몸통과 멀어지는 팔다리. 우리의 가슴은 포근합니까.

부푸는 것은 여러 개. 이왕이면 커다래지고 싶습니다. 못생겨도 커다랗게. 더 커다랗게. 자꾸 부풀어오르는 몸 이곳저곳과 오븐에서 익어가는 맘모스 빵.

작은 우리가 따뜻한 아랫목에서 발효되고 있습니다. 맛있는 밥을 먹기 위해 자주 굶고 빵이 간식으로 나옵니다. 신맛의 요구르트와 함께. 주일학교에선 배가 부릅니다. 점점 더 미각을 믿게 됩니다.

빨대를 꼽고 하늘을 보면 눈이 부십니다. 찡그린 눈을 피고, 다시 찡그릴 때 용수철처럼 줄었다 늘었다 하는 별. 해가 짧아지고 길어지는 걸 수없이 경험합니다. 많은 날들 사이에서 튕겨나가고 미사를 빠지고 구석진 곳에서 발견됩니다. 아쉬움이 남아 있는 얼굴로.

나는 작은 얼굴이 그립고 사랑스러워서 그만 웃고 말았습니다. 오늘 간식으로 나온 맘모스 빵. 잼으로 고정된 두 쪽을 열어서 건포도를 뿌렸습니다. 맛있게 드시라고요, 작은 그대.

또, 내일

송아지의 노래 망아지의 노래

멀리서 들려오는 목소리에 반가움을 금치 못했다. 한번 먹어보라고 숟가락을 들이미는 손. 가느다란 팔목이 뻗어 있었다. 팔목을 타고 오르면 낯선 나라에 도착할 수 있을까. 루비 구두도 비단 구두도 없이—길을 떠날 땐 운동화가 낫다.

풀밭을 가로지르는 서툰 걸음. 먼지 구름. 자주 퉷 침을 뱉고 발로 뭉개고

그러면서 시간이 간다. 어느 해가 진다. 어느 길은 잠든다.

첫 이슬을 맞고 목소리를 잃어버린다. 잠긴 소리. 잠긴 사랑. 내일은 꺼낼 수 있길 빌면서 노숙을 하고.

머어 머어 멀리서 들려오는 울음소리. 그건 길을 떠나다 보면 만날 수 있는 노랫소리.

멀리 머나먼

나는 커튼이 반쯤 열린 작은 방에 앉아 어제처럼 앉아 오늘의 바람 소리 듣고

자주 멀리 가는 꿈을 꾸고 행장을 궁리하고 국경 너머 내 길이 이어질 거라 믿으며 전설을 읽고

가끔 찾아오는 까치에게 하는 이야기 우리는 어디로 가나 어디로 갈까

내일을 확신하면서도 속눈썹은 자신이 없어 자꾸 신발 밑

창이 닳고 고무 밑창을 원하고

평발로 가고 쑤시는 무릎으로 물과 불 속에서도 걷고 걷는데

먼 멀리 머나먼 먼 멀리 머나먼 나의 방이 자꾸 고동치고 맥박 치고 나는 자꾸만 먼 새벽을 지나 멀리 그렇게나 머나먼

매일 어디로

부르지 않았고 찾지 않았고 머물 이유 없었다. 플라스틱 소녀들이 늘어선 길가. 틀어올린 머리채에 숨어 사는 자벌레. 몸을 늘였다 줄였지만 목적지가 없었다. 머리카락은 흩어지고 갈라지는 길. 모두 주름을 갖게 되었다.

아침에 눈물 흘린다. 어째서 그런 식일까. 어째서 이런 식일까. 추억이 다리가 많고 괴기한 것으로 바뀌어가는 동안 통조림을 까놓고 피크닉을 벌였다.

도중에 어떤 괴물을 만났더라도, 지금은 기쁘다. 밤엔 잘 울지 않는다. 그럴 시간이 아니다.

저주 후의 문진

엊그제 나는 당신이
죽어버리라고 빌었습니다
그때 당신은 조금이라도 죽을 맘이 생겼습니까?
조금이라도 이상한 낌새를 느꼈나요?
진도 3과 7의 지진처럼
약하게 한 번 강하게 한 번
빌었는데 아무 기척 없었습니까?
기나긴 욕 속에 예언합니다 당신의 머리카락 없고 이빨 몽땅 빠진 미래
얻어맞은 당신이 끙끙 앓는 소리를 기원합니다
열병을 앓고 열병을 앓아 하나의 불덩어리로 화르륵 타버릴 당신 재로 날아갈 당신 훨훨 훨훨 나는 왜
춤을 못 출까요 방방 뛸 준비를 마쳤는데 날아오를 때가 되었는데
신명이 오르질 않네요
당신이 앓을 때 나는 멀쩡합니까?
정말 당신의 고통 속에서 나는
춤출 수 있습니까?
내가 그린 지옥도 속에서 당신은 튀겨지고 있고
당신이 사라졌다는 소식을 들은 내 표정 본 적 있습니까?
비는 대로 이루어지는 힘 저주받을 나의 힘
스스로가 징그러워서
나는 구덩이 속으로 빨려갑니다

우리는 함께 삶아지고 구워지는 중인데
나는 자꾸 캐묻습니다
당신을 향한 원한은 효과가 있습니까? 매스껍지는 않나요?
어제와 오늘의 차이는요? 어지럽나요? 차도가 있나요? 차도가 있어요? 있어요? 있어요?
여기 없는 당신은
아니라고 아니라고 고갤 젓습니다.

플라나리아 순간

뻔히 알고 있으면서 초대하지 못했어. 용서해줘?

용서해줘.

용서 없이

부질없이 시간만 보냈어. 믿음 없이. 나를 밴 엄마는 냉담중이었고

언니는 모태신앙. 탯속부터 믿음을 공유한다는 건 어떤 느낌일까.

구슬 달린 핀이 가슴에 꽂히는 감각. 투구벌레 몸으로

눈감고 뛰다 넘어졌을 때 놓친 동전. 텅 빈 손으로

달리거나 멈췄어.

멈추거나 달렸지.

스물다섯 번의 행운과 스물일곱 살의 불행. 행운이었을까?

불행이긴 할까.

신체를 잘라내고 타낸 보험금.

천만다행을 믿어?

날개도 다리도 믿지 않아. 시간을 공평하게 자르지 못하는 것처럼, 삐뚤빼뚤하게 잘린 신체 절단 마술처럼, 어느 순간부터 실험이고 시험인지. 칭찬과 비난과

비가 오고 개는 순간이 나뉘고 있어. 표구사가 입술을 찢으며 웃을 때, 박수가 태어나네. 변태해 날아가는 비둘기? 종과 종 사이. 몸이 잘리는 기쁨과 멀쩡히 살아날 거라는 실

망 사이.

잘리기 전과 후, 다시는 같아질 수 없어.

매초 다른 사람으로 분리되고 있잖아. 괜찮아?

괜찮아.

강렬한 긍정 속에서 다시

태어나. 언니의 냉담에 동참하며. 엄마의 믿음에 부응하며. 돌이킬 수 없는 세례의 끝. 미개한 신앙인 타고난 몸으로

입술을 찢으며 웃을 수 있어.

하현

내 품의 이무기

사랑에게 ·란 이름을 붙여줬는데 그 이름 부를 방도가 없어서

이무기가 용이 되었을 때 서로 놓쳐버렸다 용은 울며 떠났고

오늘밤 그저 맑다

아래아

아래아

구불구불 비늘 많고 비린내 훅 끼치는 동굴

사랑과 친하게 지냈는데도

나는 주인이 되지 못했어요

내가 나로서 이무기를 명상할 때

얼굴들이 내 주위를 둥둥 떠다니고

어떤 놈은 길이가 짧고 또 너무 길고

주위엔 참 많은데

주인이 되지 못했어요

사무칩니다 되풀이하는 말 사무치는 만큼 사무치다고 적기엔 종이가 부족하고 너무 낭비되니까 몸통이 긴 용이 되고 멀어지고 탄천을 지나서 성남공항을 넘어서 몸을 드리우

고 있고 얼굴만 창문으로 들어와 날 바라보고 있는데 만지
고 싶은 볼 낯선 얼굴이라
자꾸자꾸 떠올려봐요
붉은 기 하얀 기를 달고 골목에 앉아서

떠올리는 문장은
일기예보일까
깨져버린 가슴일까

천기를 읽는 예쁜이들아
아래아가 하현에 몸을 걸친
손을 뚝뚝 꺾는 밤
오늘 이렇게 맑으니 다음엔 오라

알리, 초승달

달아나는 사람을 붙잡는 것
작은 틈새로 빨려갈 수 있다
눈을 반쯤 감고 찍힌 사진처럼
눈을 뜬 채 잠든 여자처럼
틈은 불안해요
틈은 우습고

알리는 시작된다. 사람, 남자, 머리카락과 챔피언, 개념들이 흩어져 있다가 틈이 벌어지는 사이 알리를 만들고. 알리의 커튼. 알리의 전등. 알리의 밤. 구름의 알리. 저건 알리야. 저게 알리야라고 인식하는 순간

방안에서
주먹질하는 알리
알리의 주먹을 뻗고
주먹은 상처가 많다
꽉 쥔 손가락과 손가락 사이
빛이 가둬져 있다

상처를 따라 내부로 침입할 수 있지
까진 손가락 마디를 파고들어 혈관을 타고 손목을 지나 팔꿈치와 어깨를 거쳐
팔을 앗아갈 수 있지 그러나

삶은 끝나지 않는다

보이지 않는 발이
스텝을 밟는다
보이지 않는 발이
뛴다
잘려나간 프레임
알리
보이지 않는
삶

돌아가자
어깨를 타고 팔목을 기어
머나먼 손등까지 돌아서

빛이 들어오는 틈을 향해
눈을 대고 바라보면

알리라고 부르는 상반신
윤기나는 피부
주먹은 쥐어져 있고
그 안에 빛이
……

손을 펴는 순간
팡 터져버릴

당신의 말을 쓰는 마지막 종족

당신이 서투르게 전하는 말
밤의 새들은 목이 쉬었죠
이제는 잘 쓰지 않는 목소리
부스러지는 책에선 나무가 토한 냄새가 나요
나는 등을 두드리며 자장가를 생각해요
공교로운 목청으로 부르는 노래
칭얼대는 몸을 잠재워줘요
쪽쪽 뽀뽀하는 소리 잠을 연주하는
손가락의 숲에서
나는 썩은 둥치를 껴안고 잠들어요
잠결에 들려오는 지난 계절의 말버릇
구텐 탁 오늘밤 우레시이 날씨
꿈을 튕기며 달음질쳐요
속삭이는 낱말과 오리떼의 비명
화음들은 모두 당신의 말버릇이죠
투명한 지붕 밑에서
나는 나무의 말을 기록하는 마지막 사람
우거지는 유일한 이야기
잃어버리지 않게 귓속에 심어둡니다
몸을 비비는 오지 마을
새소리를 내는 송가
열매를 물고 날아가는 일이에요

소문

권총을 갖고 있지 않아요. 나는 죽지 못했어요.

채찍 소리에 놀란 아기들이 울부짖고 꼬마들은 돌을 던져요.

부수지 못하게 붙들래요. 촛불을 들고 맴돌래요. 코끼리 코처럼 그림자가 길어져요.

사람들은 나에게 비틀어지고 구멍 많은 별명을 덧붙여요.
지평선 너머까지 이어지는 이름을 쫓아가고 싶지만
내일은 겨울이 올 전망 꽃들이 만발할 거란 예보
떠나지 못해요. 토끼풀 사이에서 내가 소문일 가능성을 발견한 날, 천둥은 치지 않아요.
호두가 떨어지고 껍질이 갈라지는 동안 내 몸이 벼락을 맞고 아득해져요. 꽃과 삶이 멀리멀리 떠내려가요.
도깨비불 손바닥이 굉음을 내고 팔 다리는 여러 마을로 흩어져 다른 얘기가 돼요.

가장 처음 도착한 동네에선 횃불을 들고 달려오는 성난 어린이들.
내 그림자는 자꾸만 불어나요, 발가락과 멀어진 머리칼이 소릴 지르고
소머리 탈을 쓴 아이들이 무서워 눈물이 흘러요.
입술에 빨간 칠 한 어둠이 부리를 벙긋거려요.

벙어리로 내 이름 말하고 몸서리치는 밤.

새로운 그림자를 달고 일어나고 싶어요.

어른들이 개머리판을 만들 호두나무를 찾아다니고 나는 아직 죽지 못했어요.

그루밍

극세사 이불로 만든 외투를 입고 보리밭까지 왔네
능숙한 언니들이 발가락 사이사이를 핥네
꼼꼼하게 고독하게 전문가는 다릅니다 눈을 감고
털 위에 혀로 글자를 쓰지 침에 젖은 털이 이리 눕고
저리 눕는 동안 길이 돋아나고 사라진다네
나는 먼 길 오느라 까막눈이고
언니들이 써놓은 글을 읽지 못하네
낙서를 펼쳐놓고 차를 마시네 찌부러지는 삶을 음미하네

몸에 침을 뱉고 그 침을 다시 핥고
바람이 부네 옷자락 스치는 소리가 가득한 벌판
나는 해지지 않는 털보 삶을 원했다네
우리의 닳고 닳은 몸 모두가 싸구려 되는 도중
자신의 각질과 이름을 조금씩 섭취한다네
이 생활엔 침이 묻어 있다
화장을 지우는 언니들
모두 아름답게 지워지는 법을 연습하네
티타임 길어지고 보리가 흔들리고
길마다 늘어선 미스터리 서클 손짓하는 언니 언니들

인류의 이동

차가운 꽃잎 입술에 달라붙고 우리는 혀의 맛을 처음 보았다. 그리하여 흘러나온 꽁꽁 언 말들.

다행히 부스러지지 않았다. 부스러진 것은 이름뿐. 정체모를 여행은 이다지도 구차스럽다. 언 땅을 헤쳐도 이름을 뱉어내지 않는다. 한번 묻힌 것이 돌아오지 않았다.

오래 내리는 눈. 어두운 눈. 밤을 꿰뚫어보는. 짐승의 공격에서 살아남은 눈. 그런 몸으로 얼마나 온 거니. 갓 지은 거죽이 서글펐다.

행복하고 애처로운 날들. 깨어나 서러운 기분에 어리둥절하던 아침. 스친 곳마다 샘이 돋아나고 강이 넓어지고 차오르는 대양. 어디가 어딘지 알 수 없게 돼버렸지.

낯선 말들이 뒹구는 곳. 발 디딜 틈이 없고 서서 잠자야 한다. 함부로 떠난 자들이 받아야 할 벌이다. 가장 먼저 한 일은 묘지를 만드는 것. 간이 묘지에 널려 있는

좀비의 이름. 죽지 않는 이름. 집을 떠나지 않았다면 집의 일부로 집의 이름을 갖게 되었을 텐데. 미련한 짓. 미련한 짓의 연속. 어리석은 얼굴로 눈썹을 늘어뜨린다.

천둥 번개 속 깎여나가는 나무. 병든 자가 목각 인형을 만든다. 토하는 인형. 과식하는 인형. 번식을 하고 표정이 없는 인형들. 우리는 몸뚱일 나란히 세워놓고 각각 이름을 지어줬다. 너와 내가 닮았다 말할 것이다. 동지이긴 하지만 친족이 아닌 그대여. 사랑은 그런 착각 속에서 피어난다. 매장되어 있는 소원 쪽으로. 같은 땅에 묻힐 혀.

귀여운 육손이

귀부인의 부채처럼 활짝
필 때 아름다운 손
레이스처럼 펄럭이던
여분의 삶
여섯번째 손가락을 분리한 밤
열이 오르고 환상 속에서 손가락이 여섯 개인
아름다운 난쟁일 만나지
수줍은 듯 얼굴을 감싸는
열두 개의 별자리 열두 개의 귀여운 손가락
하늘이 커다란 오르골처럼 돌아가요
별들이 길을 따라 행진하네요
피아노를 연주하는 손
여섯번째 손가락이 잡음을 만들어내지
꿈은 조율되지 않네

쓸모없는 것이 다정할 때
갓 먼지를 털어낸 보석함에
떼어낸 손가락 두 개를 고이 넣어두었어
어느 날 내 방엔 조그만 발자국이 어지럽고
보석함은 뚜껑이 열린 채
오르골 소리는 끊어질 듯 이어지네
없어진 건 여섯번째 손가락뿐.
자다가 경기를 일으키고 머리맡을 더듬거렸어

어느 주머니 속
내가 벗어놓은 이름
옛날 동전 부대끼네

대출된 책들의 세계

날 읽으러 가자
사회인류학에서 갑자기 동물학으로 넘어가고
발을 잘못 들여놓으면 푹 꺼지고 마는
나무들의 납골당, 납골당 정글이야
봐, 한눈파는 사이
누군가 내 기억을 데려갔잖아
전집들은 자리를 비워놓고 모른 척하네
구멍 사이에서 얼굴이 힐끔힐끔 쳐다봐
얼굴은 또다른 얼굴로 바뀌네
보고 싶었고 보기 싫었던 모든

퀴리 부인이 라듐을 정제하고 학교 앞 컵 떡볶이 아줌마가 떡볶이에 이쑤시갤 찔러 줘요 피 흘리는 올챙이들 흙바닥에 누워 있고 요술 공주 밍키가 어른으로 변신하는 동안 난쟁이 아줌마에게 다방 언니가 너 몇 살이니 물어봐요 네로 황제로 분장한 코미디언이 짜증을 내면 나에게 깨물린 친구가 미끄럼틀에서 떨어져요 외할머니는 라디오를 들으며 셔틀콕을 만들고 혼수상태의 친할머니가 침대 위에서 헛소릴 하고 철가방 들고 배달 가는 엄마 뒤를 새끼 밴 쫑이 쫓아가고 실종된 아이들 얼굴이 담긴 전단지가 벽에 빼곡한데

머리 위로 후드득 지나간 길이 쏟아져
되돌아가려 해도 밟은 자리마다 꺼져버리네

나를 조사한
나학생대백과사전 나여성백과사전 나민족백과사전
모두 자라나는 정글이야
내일을 재촉해도 건너뛰지 못하지
내 몸속 수많은 얼굴들의 세계

오늘의 운세

나는 어제까지 살아 있는 사람
오늘부터 삶이 시작되었다

할머니들의 두 개의 무덤을 넘어
마지막날이 예고된 마야 달력처럼
뚝 끊어진 길을 건너
돌아오지 않을 숲속엔
정수리에서 솟아난 나무가 가지를 뻗고 꽃을 피우고 수많은 손바닥이 흔들린다
오늘의 얼굴이 좋아 어제의 꼬리가 그리워
하나하나 떼어내며 잎사귀 점 치면
잎맥을 타고 소용돌이치는 예언, 폭포 너머로 이어지는 운명선
너의 처음이 몇번째인지 까먹었다

톡톡 터지는 투명한 가재 알들에서
갓난 내가 기어나오고
각자의 태몽을 안고서 흘러간다
물방울 되어 튀어오르는 몸에 대한 예지
한날한시에 태어난 다른 운명의 손가락
눈물 흘리는 솜털들
나이테에서 태어난 다리에 주름 많은 새들이
내일이 말린 두루마리를 물고 올 때

오늘부터 삶이 시작되었다
점괘엔
나는 어제까지 죽어 있는 사람

기나긴 이별

3월에 눈이 내립니다.
계절이 뒤로 돌아간 것 같아도
낮의 길이는 조금씩 길어지고 있어요.

기분 나쁜 일.

내 의지와 상관없이 건설되는 다리.
멀리 이어지는 길.
나는 어디론가 몰아지고 있어요.
불쑥불쑥 솟아나는 교각들.
화분에 심은 귀리.
솜털같이 가지런한 곰팡이.
장차 원령이 되겠다는 의지와
현관 앞에서 보내는 시간.
긴 다리를 건너는 동안 눈보라가 시작되고
길이 지워져도
자꾸 어디론가 어디론가
때론 뒤를 돌아보지만
결국

먼 곳부터 꺼지는 가로등.
깜빡거리는 발가락.
발목은 희미해지고

내가 지나쳐온 길이
어디까지 멀어지는지 알 수 없어요.
3월은 미친 듯 뒤쳐지고
나는 안락한 곳에 들지 못했습니다.

낮의 길이가 제일 긴 날부터
내 의지와 상관없이 사라지는 다리.
내 남은 시간 짧아지네요.

아주 기쁜 일.

발문

시작되지 않고서는 아무것도 아닌 일들이

신용목(시인)

1.

아플 때, 가끔 아픔이 오는 곳을 생각한다. 바닥을 구르던 가시덤불이 어느 웅덩이에 처박히듯이, 고통은 어디로부터 날아와 내 몸속에 뛰어드는 것일까? 아니면, 폐가의 전선들처럼 치렁치렁 늘어진 고통의 핏줄을 찾아 누가 두꺼비집을 올리는 것일까? 고통에 대한 이야기라면 들을 만큼 들었다고 말할 사람이 있을지도 모른다. 그러나 고통은 아는 것이 아니라 현전하는 감각이기에, 영원히 젊다. 고통은 몸으로부터 분리되고자 하는 마음의 열망을 불러일으키기도 하며, 그 끝에 죽음이라는 거울을 맑게 세워놓음으로써 삶 건너편을 사유하게 만든다. 다시 말해, '고통'은 개체(나)가 개체 바깥으로 열어놓은 통로이자 그 바깥과의 대화일지도 모른다. 세계는 이미 '나'로 가득차 있어서 고통으로밖에 연결되지 않으며 고통을 통해서만 확인되는 '나 아닌 것'에 대한 감각을, 우리는 시로 쓴다.

그 연결이, 아니 그 감각에 대한 메타포가 사방으로 뻗어나간 넝쿨순의 '뿌리'이거나 뜨겁게 전선을 달구는 '발전기'에 관한 은유로 귀결된다면, 우리는 신자가 되어 그 자리에 신의 이름을 대입하거나, 세계의 진리를 절대자에게 건네주고 순종의 평온을 누리는 신민이 되어도 무방할 것이다. 그러나 감각이 그러한 것처럼, 이런 종류의 연결은 고유하게 결정되어 있는 것이 아니라 순간순간의 생활 속에서 불현듯 경험될 뿐이다. 그것이 또한 시가 '신자'나 '신민'의 것이 아니라 '시인'의 것인 이유일 것이다.

> 거대한 물혹과 한쪽 난소를 떼어낸 후
> 고기를 먹을 때면 뒤적거렸어
> 동물의 아픈 부분을 씹을까 조심스러워
> 그게 내 몸 같아서
>
> 암센터 건너 늘어선 주택
> 큰 개 순하게 매여 있네
> 짖을 타이밍을 잊은 개는
> 긴 혀를 빼물고 헐떡인다
> 너의 몸 어디선가 고요하게
> 자라고 있을 거야
>
> 나는 혹부리 여자
> 계절마다 새로운 혹이 돋고
> 모르는 새 유행에 민감해졌네
> 환자복 입고 딸기 향 립글로스를 발랐지
> 향기는 소독되고
> 주택가를 떠도는 애드벌룬
> 종양은 부푼다

사람들이 태아를 걱정할 무렵
나는 세상의 작은 혹들이 애틋했네
그런 처녀였지
종양을 잉태한 줄 모르고
손자는 먼 훗날의 이야기

주렁주렁 열린 감자 겨울을 나고 좋은 씨감자 될 거야
품질이 좋고 맛 좋아

퇴원을 축하하며
엄마는 오랫동안 고기를 삶았지
들통을 열어보면 작은 종양을 달고
열심히 꼴을 먹던 소가 떠올라
나는 오랫동안 식물이 되고

—「종양의 맛」 전문

이 시를 읽고 나는 그동안 내가 '연대'라는 말을 '믿음' 속에서만 이해하고 있었다는 것을 깨닫게 되었다. 그것을 생생한 삶의 풍경으로 살아내지 못했던 것. '아는 것'과 '느끼는 것'의 차이는 무엇인가? 바다를 아는 자는 바라보는 자이겠으나 바다를 느끼는 자는 헤엄치는 자일 것이다. 바라보는 자에게 바다는 바다에 관한 정의(관념)로 이해되겠지만, 헤엄치는 자에게 바다는 매순간 자신을 휘감는 물결이다. 전자의 바다가 (결정되었기에) 과거의 바다라면, 후자의 바다는 (가변적이기에) 미래의 바다이다. 나는 알려고 했으나 그는 느끼고 있었다. 믿음으로 세워진 세계의 교리를 통해 믿지 않는 자들의 세계를 바꿀 수 없다. 아니, 어쩌면 삶은 믿음의 등불이 미처 비추지 못할 구석과 모서리들을 더 많이 가지고 있는지도 모르겠다("어둠은 왜 이렇게도 많은 것인가 구석구석"「외상 후의 기록」).

'고기를 먹으며 동물의 아픈 부분을 씹을까' 근심하는 마음과 '꼴을 먹는 소를 떠올리며 식물이 되는' 몸은, 여러 겹의 세계를 포개놓고 있다. 내 몸과 동물의 몸, 내 통증과 내가 먹는 고기의 통증, 급기야 내 몸의 아픈 부위를 씹는 듯한 느낌과 내 몸을 먹는 듯한 정념의 전개는, 모순과 부조리를 포함한 감각이 (그 모순과 부조리를 통해) 일상과 일상 바깥, 그리고 내부 속에 숨어 있는 외부를 어떻게 열고 어떻게 연결하는지를 무리 없이 보여준다.

물론, 이 시를 통해 우리는 타자를 향한 연민에서 비롯된 섬뜩한 발견에 감탄할 수도 있고, 연기설 같은 거대한 사유 속으로 빨려들 수도 있다. 그렇다면, 왜 이 시를 고통의 감각과 그 연대로 읽어야 하는가? 만약 그렇지 않다면, 우리는 죽음이라는 하나의 배역을 나눠갖고 인생을 연기하는 어리석은 단원들에 불과할지도 모른다. 매일매일 같은 물속으로 더 무거운 추를 달고 뛰어드는 것처럼, 매일매일 더 무거운 인생이 뛰어드는 몸을 이끌고 하나의 순간을 다르게 살아내면 그만일 것이다.

말하자면, 권민경의 시에 등장하는 '병'이나 '아픔' '상처(절단, 기형)'는 나 아닌 외부를 향해 열린 통로이면서 '나 아닌 자'들과의 대화이다. "나는 추모하는 법을 몰라/ 종종 앓는다"(「꿈은 또 날아가네 절망의 껍질을 깨고」)라는 말은 '고통'을 '몸의 연대'로 겪는 자의 고백이다. "누군가의 고통이/ 정말 나를 아프게 하나"(「이름 부르기」)라고 끝없이 물으면서, "내 영혼이 누군가에게 너무 오래 깃들진 않"(「꿈은 또 날아가네 절망의 껍질을 깨고」)기를 바라는 배려와 함께 말이다. 어떤 이에게 이러한 이야기는 "의미 없이 믿는 꿈의 논리"(「불편한 침대」)에 불과할지도 모른다. 그들은 꿈의 정합성을 의심할 것이고 결국 깨어나는 허망을 부추길 것이다. 시인은 그렇지 않다. 그 "꿈이 하찮아지기까지의 속도"(「불편한 침대」)가 인생일지라도, "네 이름 말하면서 나는/ 살아 있는 것이 된다"(「이름 부르기」).

2.

인생의 고통은 늘 은유적으로 이야기되어 왔지만, 고통을 은유적으로 생각하거나 당연한 것으로 여겨서는 안 된다. 고통은 인간의 삶 속에 있지만 인간적이지 않은 것이며, 오히려 인간적인 삶을 가능케 하는 비인간적인 지렛대이다. 그럼에도 불구하고 고통이 인간의 것임을 자각하는 일은 이 가혹한 삶의 굴레에서는 쉽지 않기에 우리는 그 자각에 필요한 재료로써 시를 사용해왔는지도 모른다.

'깊이'나 '미지' 따위를 해석의 문지기로 세우는 오랜 방식을 되가져오려는 것은 아니다. 권민경의 시는 "베개는 얼마나 많은 꿈을 견뎌냈나요. 머리맡엔 단단한 구름과 말캉한 악몽이 쌓이고, 기억들을 팡팡 털어도 베개는 풍성해지지 않아요. 부풀어오르지 않아요. 걸어온 길들은 푹 꺼져서 다신 되돌아오지 않아요."(「안락사」)라며, '미지'(꿈)나 '깊이'(기억)에 관한 선망과 전망을 지워버린다. 삶의 절실함 앞에서도 깊이로 내려가는 촘촘한 계단이나 미지의 사다리를 손쉽게 제작하려 들지 않는다. 그런 은유가 가진 일정한 경로 위에 고통을 위치시키지 않는다는 것이다. 우리의 삶은 언제나 혼재된 양상 속에 있다. 아니, 삶 자체가 혼돈의 양상을 하고 있다.

> 나는 방금 불꽃이라 불렸다.
> 지나온 장소에선 폭포라 하였다.
> 자꾸 다른 이야기들을 옮기는 나
> 자주 저문다.
> 그늘엔 독이 스며 있다. 사과

멀쩡한 면을 다 깨물고 뒷면으로
고요하고 고독한 바다로 자꾸 갉아서 나아갔다.
한번 좀 먹힌 부분은 다시 차오르지 않는다.
달이 아닌 사람들.
머나먼 웅덩이에서 나 때문에 스러지는 것을 바라본다.
한번 깨물린 마음이 다시 차오르지 않으리.
갈변하는 표면을 지켜본다.
한 면에 독이 발라졌다는 걸 모르는 사람
순진한 얼굴로 사과를 먹는다.
거짓말처럼 늘어나고 삼킨다.
갈변하는 얼굴들 한꺼번에 미소 짓는다.
가장 빛나고 야윈
요철이 켜진 표정.
도드라진 뼈에 뺨을 댄다.
차가운 불이 튀어서

—「그믐」 전문

이것은 불안하고 불편하며, 그래서 고통스러운 시간이다. 세상의 그늘엔 독이 있다. 이 이야기와 저 이야기를 "옮기는 나"는 자주 저물어 그늘이 된다. "멀쩡한 면을 다 깨물고" 독이 든 뒷면까지 "고요하고 고독한 바다로 자꾸 갉아서 나아갔다". 이제 사과와 사람은 분별되지 않는다. 내가 깨문 사람들을 본다. 달이 아니라서 다시 차오르지 못하고

스러지는 자들. 영원히 '그믐'인 자들. 여기서, "갈변하는 얼굴"이 "한꺼번에 미소 짓"는 표정은 어디서 오는가? 그렇게 "가장 빛나고 야윈/ 요철이 켜진 표정"에 "뺨"을 대는 마음은 또 어디서 오는가? 자신에게 고통인 자에게 마지막까지 미소를 건네는 자와 그들의 표정에 드리워진 고통을 함께 앓는 자. 이런 비애와 비참 속에서도 이들이 주고받는 관계가 끝내 아름다운 이유는 무엇일까?

애초에 천국을 그려보지 않은 자는 이곳이 지옥임을 알지 못하는 것처럼, 이런 연대가 없다면 비극은 비극이 아닐지도 모른다. 지옥을 겪지 못한 자에게 천국이 없는 것처럼 말이다. 그것은 깨달음의 '과정'(논리적 경과)을 통과하며 섭렵되는 것이 아니다. 시의 도입부에서 나는 "불꽃"이라 불리기도 하고 "폭포"라 불리기도 하며 "자꾸 다른 이야기들"을 옮긴다. 다른 이야기를 옮겨서 그렇게 불리는 것인지, 그렇게 불려서 다른 이야기를 옮기는지 알 수 없다. 그렇기에 '나'는 자주 저무는데 저무는 가운데 '그늘의 독'을 발견한다. 저물었기에 독이 생겨난 것인지, 원래 있는 독을 저물고서야 알게 된 것인지 알 수 없다. 이 시는 그런 선후나 인과에 무심하다. 고통의 해석에는 선후가 있겠지만, 고통의 감각에는 인과가 없기 때문이다. 세계의 폭력과 나의 번뇌, 혹은 나의 삶과 세계의 부조리에 관한 도면을 그리는 것은 과학의 일이지만, 삶은 과학이 아니다.

삶은 매번 '다른 얼굴'을 하고 찾아오는 것처럼 보이지만, 대체로 하나의 '알 수 없는 얼굴'을 하고 그 자리에 있다. 마치 애인이 "얼굴에 모자이크 처리"를 하고 있는 것처럼. 그래서 나는 "세상 모든 모자이크의 연인"이 되어 이렇게 고백할 수 있다. "나는 중요 부위를 가렸지요 나의 사랑/ 당신의 얼굴을 가렸어요"(「아담」). 본인의 실체인 '얼굴을 가린 자'로부터 분명하고 균질적이며 투명한 언행을 기대하기는 어렵다. 세계는 불분명하고 불균질하며 불투명하다. 그래서 "나는 잠들기 전에 내가 가진 모든 하루를 생각해요"(「안락사」)라고 말할 때, '나'는 내가 아는 모든 이들의 '나'이며 내가 가진 '하루'는 모든 일들이 일어난 '하루'이다. 여전히 '오늘'인 모든 날들과 결국 '나'였던 모든 인연의 집합체. 이것은 비유나 상징이 아니다. 팽목항에서 희생된 자신과 동명의 이름을 거듭 부르는 것은, 어떤 제의도 아니며 어떤 주문도 아니지만, '진정 우리를 이루어지게 하는 과정'("자꾸 말하는 것은 이루어집니다")이다(「이름 부르기」). "도드라진 뼈에 뺨을 대"는 것처럼, 거기서 "차가운 불이 튀"는 것처럼, 삶은 결국 이 혼돈과 혼재 속에서 '우리의 시간'을 건져내는 것인지도 모른다. 끝없이 '우리'에 대해 말함으로써 말이다.

3.

이 시집을 읽는 동안 이런 질문들이 시작되었다. 고무줄놀이는 정말 날기 위한 연습이 아니었을까? 투명한 정체성을 가진 영혼을 얻기 위해 우리는 어린 시절을 가졌고, 멀리 지평선은 또 고무줄놀이를 위해 펼쳐져 있는 것은 아닐까?(「플라잉 웰렌다스」) 오래된 것들이 혼을 가지듯 땅속에는, 누군가의 주먹 속에는 정말 보이지 않는 빛이 가득 들어차 있어서 기어이 눈을 감을 때만 그 분노와 슬픔과 망각을 볼 수 있는 것은 아닐까?(「알리, 초승달」 「발굴」) 누가 빼곡한 도서관 귀퉁이에서 나를 찾아냈을까?(「대출된 책들의 세계」) 때로 인생은 대출된 책 같아서, 내 하루의 페이지마다 침이 묻는다…… 그리고 시작되었다. 시작되지 않고서는 아무것도 아닌 일들이.

나는 어제까지 살아 있는 사람
오늘부터 삶이 시작되었다

할머니들의 두 개의 무덤을 넘어
마지막날이 예고된 마야 달력처럼
뚝 끊어진 길을 건너
돌아오지 않을 숲속엔
정수리에서 솟아난 나무가 가지를 뻗고 꽃을 피우고 수

많은 손바닥이 흔들린다
오늘의 얼굴이 좋아 어제의 꼬리가 그리워
하나하나 떼어내며 잎사귀 점 치면
잎맥을 타고 소용돌이치는 예언, 폭포 너머로 이어지는 운명선
너의 처음이 몇번째인지 까먹었다

톡톡 터지는 투명한 가재 알들에서
갓난 내가 기어나오고
각자의 태몽을 안고서 흘러간다
물방울 되어 튀어오르는 몸에 대한 예지
한날한시에 태어난 다른 운명의 손가락
눈물 흘리는 솜털들
나이테에서 태어난 다리에 주름 많은 새들이
내일이 말린 두루마리를 물고 올 때

오늘부터 삶이 시작되었다
점괘엔
나는 어제까지 죽어 있는 사람

—「오늘의 운세」 전문

수년 전 이 시를 처음 읽었을 때, 나는 "돌아오지 않을 숲 속엔/ 정수리에서 솟아난 나무가 가지를 뻗고 꽃을 피우고

수많은 손바닥이 흔들린다"라는 구절을 앞에 두고, 솜씨 없는 삽화를 그리고 지우는 일을 반복했다. 다 그리고 나면, 그릴 수 없었던 '돌아오지 않을 숲속'이라는 대목을 한 번씩 중얼거리는 것으로 그림 위에 슬몃 포개놓으려 했다. 시집 원고를 받아들고 난 오늘에야 나는 왜 내가 그 일을 반복했는지 알게 되었다. 그저 다 아는 이야기를 듣는 기분이었는데, 우리가 여전히 모르고 있다는 사실을 깨우쳐주는 시라니.

왜 시작되지 않고서는 어느 것도 '삶'이 아닐까? 그렇지 않고서는, 왜 '살아 있는 사람'과 '죽어 있는 사람'이 같으며, '운명' 속에서 모든 것은 삶 이전이 되고 마는 것일까? 여기서 매번 '처음'을 창조하는 절실한 '오늘'에 대해 말하는 일은 쉽다. 그러나 '오늘을 즐겨라'(Carpe Diem)라는 말이 진부한 만큼, '오늘'이 아니고서는 증명되지 않는 의미를 따라가는 것은, 이 시가 가진 협곡을 무너뜨리고 만다. 그래서, 저 질문이야말로 다시 시작되어야 한다.

시작되는 순간, 각자의 태몽을 안고 태어난 몸은 물방울처럼 모두 다른 운명을 가지고 튀어오른다. 한날한시에 태어난 다른 운명의 손가락에는 깨물 때마다 아픈 순간이 있을 것이고, 내일이라는 두루마리를 물고 오는 새처럼 결국 '주름 많은' 다리로 굴곡진 '나이테'를 새길 것이다. 무엇보다도 시작 '이후'는 시작 '이전'과 끝없이 연결되며, 보다 정확히는 '죽음의 상태'와 '삶의 과정'을 한 타래 위에서 굴린다. 그래서 '시작'은 연결이자 만남이며, 스스로 '삶'을 살아가기 위해 '삶 아닌 곳'에서 도달하는 일이다. 그 모든 것들을 비로소 움직이게 하고 살아 있게 만들며, 그 모든 것들을 띄워놓는 '순간의 장소'인 것이다.

매순간 시작되는 '삶'이란, 오래 쓴 고무줄처럼 탄성을 잃어버린 일상의 감각을 일깨우려는 구호처럼 들리기도 하지만, 그 상투성이 끝끝내 붙들고 있는 어떤 '삶'에 다시금 기입되는 모종의 생명력처럼 느껴지기도 한다. 어떤 것이 상투적이라고 말할 때 우리는 언어의 나태한 반복과 안일한 인식을 탓하면서, 그것이 마지막까지 지켜내고자 했던 거듭되는 삶의 진실과 그를 향한 의지까지도 슬쩍 보태어 매도해버렸는지도 모른다.

당연한 말이지만 나는 시의 가능성이 미지로 이어진 언어적 모험으로만 열려 있다고 믿지 않는다. (반대로 삶의 진실에만 있다고 믿지도 않는다.) 많은 논의들이 지시하듯, 시의 가능성은 말해지기보다는 말해지지 않은 것들 속에 더 많이 남아 있을 것이고, 권민경의 시를 통해 확인하는 바, 듣고 싶은 것만 듣고 흘려버렸던 어떤 이야기들 속에서 더 빛나고 있는지도 모른다. 요컨대, 권민경은 '말의 실패'를 다루는 시인이 아니라 '삶의 실패'를 사는 시인이다. 작금의 시대에 미루어 말을 실험하기 전에 '삶이 실험' 당하고, 말이 실패하기 전에 '삶이 실패'하는 곳이 이 세계

라면, '시의 미래'는 결국 삶에 있지 않을까? 그래서 그가 시로 엮어내는 '실감'이나 '절감'의 순간이야말로 어쩌면 '새로움'과 '모험'의 유일한 가능성이며, 비로소 '시작'된 이야기가 아닐까?

그 이야기를 '연주'에 빗대 표현하자면 이러할 것이다. "피아노를 연주하는 손/ 여섯번째 손가락이 잡음을 만들어내지/ 꿈은 조율되지 않네"(「귀여운 육손이」). 그리고 '당신의 말버릇 같은 화음' 속에서 '우겨지는 이야기'(「당신의 말을 쓰는 마지막 종족」)를 들을 수 있을 것이다. "숨. 가쁘게 몰아쉬면/ 여긴 우거져요. 나는 그곳에 없고 시간은/ 무더워요."(「버마로」)라고, 마침내 헐떡이며 고백에 동참할 것이다.

권민경 2011년 동아일보 신춘문예를 통해 등단했다.

문학동네시인선 114
베개는 얼마나 많은 꿈을 견뎌냈나요

1판 1쇄 2018년 12월 17일
1판 5쇄 2022년 9월 29일

지은이 | 권민경
책임편집 | 김봉곤
편집 | 김영수 강윤정 김민정
디자인 | 수류산방(樹流山房)
본문 디자인 | 유현아
마케팅 | 정민호 이숙재 박치우 한민아 이민경 안남영 김수현 정경주
브랜딩 | 함유지 함근아 김희숙 박민재 박진희 정승민
제작 | 강신은 김동욱 임현식
제작처 | 영신사

펴낸곳 | (주)문학동네
펴낸이 | 김소영
출판등록 | 1993년 10월 22일 제2003-000045호
주소 | 10881 경기도 파주시 회동길 210
전자우편 | editor@munhak.com
대표전화 | 031) 955-8888 팩스 | 031) 955-8855
문의전화 | 031) 955-3578(마케팅), 031) 955-1920(편집)
문학동네카페 | http://cafe.naver.com/mhdn
인스타그램 | @munhakdongne 트위터 | @munhakdongne
북클럽문학동네 | http://bookclubmunhak.com

ISBN 978-89-546-5362-6 03810

잘못된 책은 구입하신 서점에서 교환해드립니다.
기타 교환 문의: 031) 955-2661, 3580

www.munhak.com

문학동네